KB146086

별빛 내리는 뜨락

문경기 시집

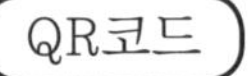

스마트폰으로 QR 코드를 스캔하면
시낭송을 감상할 수 있습니다

제목 : 설렘
시낭송 : 박순애

제목 : 두물머리 연가
시낭송 : 박영애

제목 : 그리운 고향
시낭송 : 박영애

제목 : 능소화 연정
시낭송 : 박태임

제목 : 가을이 오면
시낭송 : 박영애

제목 : 간이역
시낭송 : 박영애

제목 : 별꽃 그리움
시낭송 : 박영애

제목 : 가을 장미
시낭송 : 조한직

시인은 자연을 이야기하고 시낭송가는 자연을 품었다
글자는 날개를 달아 언어로 날고 소리는 자연에 눕는다

시인의 말

시의 꽃이 피어나는 시의 숲에는 아름다운 시어의 꽃들이 곱고 소담스럽게 피고 있었다
어린 시절 시 숲의 숲길을 걸으면서 피어난 꽃의 향기에 취해 밤하늘의 별빛과 뜨락에 피어나는 별꽃을 바라보며 감성을 풍부하게 채우고 심취되어 시인을 동경하게 되었습니다

인생은 여러 갈림길에서 자신이 선택한 길을 걸어가며 성장하고 삶의 행복을 추구하는데, 학창 시절을 보내고 공무원으로 임용되어 국가와 국민의 공복으로서 역할을 수행하며 성실하게 근무하고서 정년퇴임을 하게 되었고 정년퇴임 후 마음의 여유로움 속에서 지나간 세월을 반추해보니 꽃피는 꽃길을 향기를 맡으며 신명나게 걸어가던 날도 있었고 거센 바람을 맞으며 가파른 언덕을 힘들게 올라가던 날도 있었던 추억이 솟아났었는데, 어느 날 문득 어린 시절 꿈을 꾸며 동경하던 시인이 되고 싶은 열망에 등단을 하고 아름다운 시 숲에서 시의 꽃 향기를 맡으며 행복한 꽃길을 걸어가고 있습니다

그동안 제가 시인의 길을 갈 수 있도록 이끌어주시고 성원해주신 소중한 분들에게 고마움과 감사하는 마음을 전해드립니다.

시인 문경기

* 차례 *

1부 동백꽃 연정

* 차례 *

2부 그리움은 별이 되어

* 차례 *

3부 간이역

* 차례 *

4부 희망의 꽃

1부 동백꽃 연정

사랑은 언제나 아름다운 감정
고운 꽃으로 피어나기에
마음의 화원에는 향기로 가득해

마음

마음이 평온하고 기쁘면
세상이 아름다워 보이고

마음이 고달프고 슬프면
세상이 암담하게 보인다

우리 살아가야 하는 세상
마음을 다스리며 살아가자

봄이 오고 있네요

늦겨울의 시린 바람 품에 안고
꽃망울 여는 매화의 미소에
수줍은 봄이 살며시 창문을 열며

잔잔하게 흐르는 푸른 강변
버들강아지 움트는 소리를 듣는다

새봄 그리워하는 동백꽃은
짙은 향기를 종일 바다로 보내는데

차갑고 답답했던 계절을 보내고
봄을 기다리는 우리들 희망찬 합성에
봄이 오고 있네요 찬란한 봄이

꽃 바람 불어오는 날

꽃 바람 불어오는 날에는
그대와 걷던 꽃길이 생각난다

꽃이 피어나던 그 길
두 마음 한 송이 꽃을 보며

꽃향기에 취해 두 눈을 감고
사랑의 그네를 탔었는데

오늘 꽃 바람 불어오지만
그 꽃길에는 외로움만 쌓인다

별빛 내리는 뜨락

가을이 떠나간 스산스런 뜨락에
떨어진 단풍잎 찬바람에 흩날리며
화려했던 계절을 추억하는 밤

어두운 밤하늘에 하얀 초승달
별들의 살가운 미소를 외면하고
마음속에 보석처럼 숨겨둔
그리움 하나 몰래 펼쳐보는데

그 그리움 별빛에 실려 내려와
서리꽃 핀 뜨락을 흥건히 적시면
한없는 외로움에 사무치는
이내 마음은 어이할까나

초승달아 푸른 별들아
내 마음에 젖어드는 그리운 추억
불어오는 바람결에 실어서
저 먼 하늘로 날려 보내다오

그곳 하늘에서 산산이 부서진
그리움의 조각들을 모아
따뜻한 마음의 햇살로 녹여서

새봄이 오면
한 송이 꽃으로 피어나게 하리라
별빛 내리는 뜨락에

새해의 기도

새해에는
우리들 마음속 심연에
교만과 증오가 사라지고
겸손과 온정이 파도치는
바다가 되게 하소서

새해에는
우리가 사는 지역마다
오염과 공해가 사라지고
맑은 공기 청정수 흐르는
환경이 되게 하소서

새해에는
우리 사회의 저변에
갈등과 반목이 사라지고
따뜻한 정이 흐르는
강물이 되게 하소서

새해에는
우리나라 남북 간에
적대감이 사라지고
한 민족이 화합하는
용광로가 되게 하소서

새해에는
지구촌 온 누리에
전쟁과 질병이 사라지고
평화와 풍요가 공존하는
세상이 되게 하소서

나그네

하늘에 떠 있는 하얀 구름은
바람결에 정처 없이 흘러가고

강변 벚꽃은 화려하게 피는데
강물은 꽃구경 못한 채 흐른다

한여름 푸르게 자라던 풀잎
가을 서리에 속절없이 시들 듯

세상에 잠시 왔다 떠나야 하는
우리는 방랑자 외로운 나그네

등대

한적한 외진 곳에 자리 잡아
사시사철 바닷바람 맞으며
어두운 밤바다 비추는 등대

폭풍우와 혹한을 이겨내고
험지에서 소중하게 지펴낸
헌신의 불빛 가슴에 안으면

고통과 외로움 밀려오지만
따뜻한 손길로 마음 다독여
평온한 눈길로 빛을 비추니

세찬 바람에 거칠게 파도치는
어둠 속의 드넓은 바다에서
배들은 나아갈 뱃길을 찾네

봄비

한해 농사 풍년을 기원하는
농민들의 애타는 바램에도
내리지 않던 야속한 봄비

간절한 기도에 응답했는지
메마른 대지를 적시면서
반가운 봄비가 내린다

봄비에 꽃들은 피어나고
세상은 축제를 열어가면서
봄의 향연을 이어가는데

내리는 봄비를 맞으며
아름답게 피어난 꽃들이
낭만에 젖어 흥겹게 춤춘다

기적소리

동백꽃 피어나던 고향역에서
그댄 연분홍 손수건을 흔들며
열차에 몸을 싣고 떠나갔네
슬픈 기적소리 아련하게 남기며

너른 푸른 바다 가슴에 안고
밤하늘의 하얀 별을 보며
마음과 마음이 여울지며 어울려
함께 사랑의 별꽃을 그렸기에

지순하고 아름다운 연정이
세월의 강물에 실려 떠날까 봐
난 마음속 심연의 바다에
닻을 내리고 하염없이 기다렸지

새봄 곱게 핀 별꽃 안고 그대가 오는
귀향열차 기쁜 기적소리에
바다의 푸른 파도는 춤을 추고
내 마음 그대 향기로 가득 차네

산수유꽃

겨우내 차갑게 얼었던 화단에
따뜻한 햇볕이 내려앉으면
향기로 꽃망울 여는 산수유

얼마나 기다리던 봄이길래
그리움에 지친 시린 마음을
저토록 따스한 손길로 다독이며
노란 색상으로 물들이는가

짙어 오는 향긋한 봄 향기에
환희를 머금은 꽃송이 송이
하늘로 무리 지어 나래를 펴는데

보랏빛 새 움트는 제비꽃
수줍은 꽃잎에 순정을 담아
망울 맺힌 산수유 꽃님에게
애틋한 사랑 마음 전하니

그 사랑 소중히 간직하고파
살포시 가슴에 한아름 담아
화려한 봄 터뜨리는 산수유꽃

강물

깊은 계곡에서 발원한 물줄기
얕은 시냇물을 형성하더니

물길을 따라 낮은 곳에서
푸른 강을 이루며 흘러간다

비 오면 빗물에 젖기도 하고
꽃피면 꽃물에 물들어 가며

앞선 물 뒤 물결 다투지 않고
물안개 포근히 품에 안고서

오던 곳 되돌아갈 수 없기에
뒤돌아보지 않고 흘러만 간다.

꽃비

화려한 이별이 무엇인지
꽃들은 낙화의 의미를
세세히 알고 있었나

계절의 망울 속에 갇혀
억제하던 열망
화사한 꽃을 피워내고서

봄 햇살 한 줌 품에 안고
그리던 세상 만나
한 달여 짧은 개화기
향기로 가득 채우더니

피고 지는 꽃의 숙명에
석별의 서러움 삭이며
연분홍 꽃비 되어
처연하게 흘러내리고 있네

구절초

여린 꽃대에 외로움을 걸어놓고
서늘한 바람결에 소소히 흔들리며

그리운 임 기다리고 기다리다
달빛에 하얗게 그을린 구절초

아침이면 수정처럼 맑은 이슬이
아린 마음 다독이려 적셔주지만

꺼지지 않는 연정의 희미한 불씨에
절절한 그리움 뿜어내는 가을 여인

고향

어질고 순박한 사람들이
하늘의 뜻에 순응하며
살가운 이웃들과 평화롭게
숨 쉬며 살아가는 곳

동천과 옥천 이수의 맑은 물결
삼산을 휘감으며 돌고 돌아와
푸른 들판을 적시며 흐르는
청정하고 아늑한 전원의 고장

그곳 연향 뜰 대석 마을에는
늙으신 어머님이 황톳빛 텃밭에서
사랑의 씨앗을 파종하며
매화 피는 고향을 지키고 계셨지

품속을 떠나간 아들딸들이
환한 얼굴로 찾아오는 날
하염없이 하염없이 기다리며
그리움에 젖던 모정

즐거운 명절 설과 추석에는
천릿길 타향에서 고향 찾아온
형제자매들이 뜨락에 모여
쌓인 정 나누며 행복을 다졌네

매화꽃 피어나는 새봄이 오면
바람결에 실려 온 고향의 향기에
추억 어린 그리움이 일렁이며
향수의 고운 꽃으로 피어난다

축제가 있는 봄날에

봄바람 불어 벚꽃 눈 내리는 날
맑고 고운 오카리나 선율을 따라
낭만 실은 예술 열차 달려와
향긋한 봄날의 축제를 여네

황금빛 햇살 내린 축제의 광장
오색 풍선이 두둥실 떠 오르고
해맑은 아이들 웃음소리에
하늘 가득 날아가는 비눗방울들

반달마을 꽃길마다 울려 퍼지는
소녀들의 청아한 노랫소리에
거리는 흥겨움으로 출렁거리며
감흥의 물결이 일렁이는데

세상사 순응하며 살아가는 인생
일상이 권태감으로 나른하거든
화려한 봄 축제의 마당을 찾아
찌들었던 마음을 열어야 하겠지

꽃들이 향기를 토하는 봄날
봄바람 휘날리며 달려온 예술 열차
낭만을 채운 보석함을 살포시 열어
광장을 축제로 물들여 가네

그대가 온다

초록 바람 불어오는 숲길
아침 녘 연한 햇살 헤치며

풀잎에 맺힌 이슬 밟고서
고운 걸음으로 오는 그대

혼돈 속에서 방황하던 세월
인연으로 이어진 사랑 찾아

비단결 머리카락 휘날리며
사랑을 품고 그대가 온다

동백꽃 연정

겨울의 찬바람 참아내고서
푸른 바다 오롯이 마음에 담아
새봄 피워내는 동백꽃

길고 길었던 엄동설한 추위에
시린 마음 줄기 속에 감추더니
저렇게 예쁘게 꽃망울을 연다

애잔한 동백꽃의 사랑 이야기
은은한 전설로 회자되어
출렁이는 파도에 실려 오면

사랑은 언제나 아름다운 감정
고운 꽃으로 피어나기에
마음의 화원에는 향기로 가득해

싱그러운 봄바람이 불어오는 날
아련한 사랑이 그리워서
동백꽃 한 송이 바다에 띄운다

외로운 날에는

외로운 날에는
하늘을 바라보세요
햇살이 쏟아져 내려와
마음을 데워주니까

외로운 날에는
바다를 바라보세요
푸른 파도가 밀려와
마음을 적셔주니까

외로운 날에는
초원을 바라보세요
초록 바람이 불어와
마음을 식혀주니까

설악산 가을 향기

오색 단풍이 곱게 물든 설악산에
단풍의 향기에 취하고 싶어
친구들과 가을 여행을 왔네

금빛 햇살 쏟아지는 푸른 하늘에
먼 남쪽 나라로 가야 하는 기러기
힘차게 솟아오르며 날아가고 있고

동해의 드넓은 푸른 바다는
설악산의 주홍빛 풍경이 아름다워
마음속에 살며시 담아보는데

울산바위에 하늬바람이 불어오면
대청봉으로 하얀 구름이 흘러가고
한계령 붉은 단풍잎 서럽게 떨어진다

오색 단풍이 곱게 물든 설악산에
우정의 향기에 취하고 싶어
친구들과 가을 여행을 왔네

반월역의 봄

열차의 기적소리에 아침이 열리고
산수유 꽃망울에 햇살이 내려오면
전원의 반월역에도 봄이 찾아온다

달빛 잔상 스며드는 반달 마을
언덕 너머 고목에 산까치 울어대면
열차는 반가운 소식을 실어 오고

수리산 봉우리 돌아온 바람
진한 솔향기 한 아름 품어와
연분홍 벚꽃 길에 풀어 놓는데

열차가 떠나간 한적한 정거장
만남과 헤어짐이 공존하면서
애틋한 마음 그리움으로 승화하니

계절이 숙성하여 꽃망울 열린 세상
꽃들이 피어나 향기를 뿜으면
정겨운 반월역에도 봄이 피어난다

순리

꽃들이 피어나서 화려하지만
계절이 지나가면 시들어지고

계곡을 흘러내리는 맑은 물은
강으로 흘러서 바다로 간다

바람이 지나가는 가을 산에는
만추가 되면 단풍잎 떨어지고

아침에 솟은 해가 저녁에 지듯
사람도 세상에 잠시 왔다 간다

그리운 제부도

파도를 타고 바다가 밀려오면
황홀한 노을빛 그리움으로
모세의 기적처럼
바닷길 여는 제부도

태곳적에는 육지였는데
바다가 채워버린 욕심 때문에
외롭게 섬이 된 슬픈 전설

뭍을 향한 지순한 그리움으로
해변에 푸른 멍이 들자
그 아픔 달래주려고
하늘은 바닷길을 열어주었네

물 때 따라 기적처럼
바닷길이 열리면
그리운 서해의 제부도에
그리움의 영롱한 노을이 핀다

바람 부는 날

바람이 부는 호수의 둘레길
그대를 생각하며 걸어가는데

길가에 피어난 고운 꽃들이
웃는 그대처럼 웃고 있다

바람 부는 날 옷깃을 여미며
함께 걸었던 추억이 그리워

가던 길 멈추고 뒤돌아보니
바람을 가르며 그대가 온다

독도

푸른 파도 출렁이는 동해에서
거센 바람 견뎌내는 외로운 섬

아침이면 떠오르는 해를 보며
지난밤 아린 시린 마음 녹이고

바다를 헤엄치는 독도 새우와
나르는 갈매기 따뜻하게 품으며

어떤 억지나 거짓 나팔 소리에도
의연하게 이겨내는 독도 독도여

2부 그리움은 별이 되어

그대를 향한 나의 마음은
보석처럼 영롱한 별이 되어
그대 가슴에 찬란하게 빛나리

호수

호수의 물결 위에
하늘이 내려오니

호수에는 푸른 하늘
하늘에는 푸른 호수

바라보는 내 마음도
푸르게 물들었다

설렘

차가운 바람이 불어오지만
푸른 바다 포근히 머금은
붉은 동백꽃 꽃망울은
소담하게 부풀어 오르고

겨우내 얼었던 실개천에
따뜻한 햇볕이 내려
얼었던 얼음을 녹이며
가느다란 물줄기 흐르게 하네

계절을 실은 열차는
환승역에 도착할 기대에
열망의 기적을 울리며
긴 여정에 호흡을 가다듬는데

무거운 겨울의 외투를 벗고파
봄의 훈풍을 기다리는
우리 마음속에는
설렘의 파도가 출렁이네

제목 : 설렘
시낭송 : 박순애
스마트폰으로 QR 코드를 스캔하면
시낭송을 감상할 수 있습니다

장미꽃 피는 계절이 오면

장미꽃 피는 계절이 오면
열정으로 꽃망울 터뜨리는
화려한 꽃들의 향연으로
세상은 축제로 분주하고

가는 봄날이 아쉬운 햇살은
춘삼월 시린 마음 추스르며
꽃향기 실어 온 봄바람 찾아
파란 하늘을 헤매고 있는데

계절을 잊지 않고 찾아와
고운 꽃으로 피어나기 위해
장미는 온종일 저리도 빨갛게
온몸을 단장하고 있구나

장미꽃 피는 계절이 오면
첫사랑의 고운 잔상처럼
항시 마음을 설레게 하는
꽃들의 황홀한 향연을 본다

그리움은 별이 되어

그대를 그리워 하는 마음이
초록빛 뜨락에 내려앉으면
밤하늘에 인연의 별 하나 뜨네

그대를 그리워 하는 마음이
잔잔한 호수에 내려앉으면
밤하늘에 애모의 별 하나 뜨네

그대를 그리워하는 마음이
푸르른 바다에 내려앉으면
밤하늘에 그대의 별 하나 뜨네

그대를 향한 나의 마음은
보석처럼 영롱한 별이 되어
그대 가슴에 찬란하게 빛나리

순천역

연향마을 연꽃 향기 짙어 오고
순천만 정원 꽃들이 춤을 추면
멀리서 기적소리 들려오네

남해로 흐르는 섬진강 따라
고향 그리움 안고 달려온 하행열차
숨 가쁜 호흡을 가다듬고

한려수도 쪽빛 바다 푸른 꿈 실어
희망 품고 서울로 가야 할 상행열차
긴 여정에 마음 설렌다

삼산을 돌아온 이수의 물줄기
팔마의 전설을 물결에 실어와
죽도봉 연자루 안개꽃으로 피는데

만남과 헤어짐이 공존하고
슬픔과 기쁨이 수시로 교차하는
정겹고 아름다운 순천역

출발선에 푸른 신호등 켜지자
애틋한 정 오롯이 남겨두고
연꽃 향기 헤치며 열차 떠나간다

궁평항의 낙조

낙조가 아름다운 궁평항 바다에
주홍빛 노을이 물들어 내리면
바다는 하늘을 품에 안아보는데

만선을 바라는 어부의 기도에
파도는 낮은 소리로 출렁거리고
갈매기는 유연하게 날아오른다

먼바다 돌아 불어온 바람은
해운산 솔 향기 가득 싣고 와
부둣가에 그윽하게 풀어 놓으면

붉은 노을에 하늘이 불타오르고
하루의 시간은 침몰해 가는데
궁평항은 주홍빛으로 물들어 간다

오월의 옹이

초록이 진녹색으로 변하며
시나브로 푸르름이 짙어가는
눈부신 오월의 산과 들

소나무는 금빛 송홧가루 흩날리며
푸른 산을 살포시 보듬어 보지만
오월의 녹색 세상은 기억을 더듬는데

봄날의 따뜻한 고운 햇볕
가슴에 품어도 품어도
한 서린 슬픔은 스러지지 않기에

오월의 신은 과오를 자책하고
역사 속의 옹이를 어루만지며
한없이 숙연해지고 있구나

두물머리 연가

두 강물이 만나는 두물머리에
순정을 품은 분홍빛 연꽃이
물의 요정처럼 소담하게 피어날 때

남한강 맑은 물결 위에서
그윽한 그대의 향기 실려 와
북한강 푸른 물에 구애의 돛배 띄웠다

금빛 햇살이 산산이 부서지는
두물머리 잔잔한 물결 위에
사랑의 밀어들이 알알이 새겨지면

강변의 연리지 우듬지에
곱게 피어나는 꽃을 바라보며
두 마음 한 물결로 한강으로 흘러간다

제목 : 두물머리 연가
시낭송 : 박영애
스마트폰으로 QR 코드를 스캔하면
시낭송을 감상할 수 있습니다

매향리의 봄

전투기 굉음과 포성이 사라지고
어렵게 평화가 찾아온 매향리에
향긋한 매화 향기 짙어 오는데

반세기 동안 전쟁의 기억 속에서
헤어나지 못하고 방황하던 삶은
부초처럼 떠다니며 피폐하였지

숲이 울창했던 천혜의 농섬은
포격으로 반쪽이 산산이 부서지고
포탄의 잔해만 널브러져 있지만

평화를 염원하는 희망을 품고서
하얀 비둘기 떼 힘차게 날아오르니
매화꽃 피는 매향리에도 봄이 온다

전원의 향기

외로움에 젖은 마음 다독이려
도시의 거리를 방황하다가
바람 부는 드넓은 바닷가
푸른 숲속 전원을 찾아갔네

금빛 햇살이 부서지는 그곳은
고향의 아늑한 품처럼
찾아온 외지인을 살갑게 반기며
포근하게 안아 품어주었고

향긋한 솔 내음을 가득 실어 온
푸르디푸른 싱그러운 바람이
마음속 닫힌 감성의 문을
조심스레 살포시 열어주었네

복잡한 도시에서 듣지 못한
파도의 흐느끼는 소리와
꽃들이 환하게 웃는 소리가
귓전을 경쾌하게 두드리니

푸른 바다와 숲속의 바람이
전원의 향기로 묘약을 빚어
외로움에 지친 시린 마음을
온전히 헤아리며 치유해주네

그리운 어머니

거센 바람 속 가파른 길 오르며
질곡의 삶을 살다 가신 어머니
하늘의 별이 되어 반짝입니다

너무나 일찍 별세하신 아버지
그 빈자리를 혼자서 짊어지며
한평생 무거운 세월을 살면서

칠 남매 어린 자식 가슴에 품고
세상의 모진 풍파 막아내고서
사회의 빛과 소금 되게 하였죠

장미꽃 피어나는 오월이 오면
밤하늘 빛나는 별을 바라보며
그리운 어머니를 사모합니다.

여름

뜨거운 태양이 이글거리며
세상을 불태우려 하고 있다

그 폭염의 횡포를 이겨내고
청포도는 알알이 익어가고

초목은 자라나 너른 들판을
푸르게 물들이고 있는데

파도 소리 들려오는 바닷가
여름은 드러누워 낮잠을 잔다

남해 봄 바다 여정

우정의 고운 꽃 피우기 위해
봄 향기 가득한 남해로
벗들과 즐거운 여행을 떠났네

달리는 차 창 너머 산과 들에는
화사한 봄꽃들이 피어나며
살갑게 우리를 반겨 주었고

천 리 먼 길 통영과 사천에는
너른 들판에 피어난 유채꽃이
해변을 노랗게 물들이며
봄을 화려하게 익히고 있었다

햇볕이 비친 남해 금산에 오르니
쪽빛 바다가 가슴속으로 스며들고

자연의 품 생태수도 순천에는
만개한 꽃들이 드넓은 정원을
향기로 가득 채워주었으며

한국의 나폴리 미항 여수는
아름답고 황홀한 밤바다에
낭만의 향기를 토해내며
나그네의 심금을 울려주었다

파도 소리에 별빛이 부서진
여수 밤바다 눈부신 항구에서
인연으로 이어진 우리는
쌓인 정 나누며 한마음 되어

봄바람 불어오는 수평선 너머
먼바다 항해를 꿈꾸며
우정의 연지호 하얀 돛단배
희망의 닻을 힘차게 올렸다

그리운 고향

전원의 정취 풍기던 그리운 고향
흐르는 세월의 변화에 순응하며
번화한 신도시로 변모하였는데

어린 시절 뛰어놀던 산과 들녘은
흔적도 없이 사라져 버린 채
아파트 대단지로 조성되었고

부모님의 따뜻한 사랑으로
가족의 웃음꽃이 피어나던
고향 옛 집터는 공원이 되었네

추억이 깃든 집터 버드네 공원
그리움이 동백꽃으로 피어나
그 향기 거리 거리를 가득 채우면

사라진 예 고향의 정든 흔적들은
아름다운 모습을 고이 간직하고서
추억 속으로 강물이 되어 흘러간다

제목 : 그리운 고향
시낭송 : 박영애
스마트폰으로 QR 코드를 스캔하면
시낭송을 감상할 수 있습니다

8월의 기도

8월에는
장마로 인한 피해를 없도록 하고
기승을 부리는 폭염을 진정 시켜
고통받는 생명을 평안하게 하소서

8월에는
실개천을 따라 흐르는 맑은 냇물
막힘이 없도록 댐을 개방하여
푸른 강으로 흘러가도록 하소서

8월에는
심화 되어가는 사회의 빈부 격차
고루 잘살아 갈 수 있도록 해소해
고통받는 서민들을 기쁘게 하소서

8월에는
우리들 마음속에 쌓인 갈등들을
역지사지의 심정으로 이해하여
이웃들과 화합하며 살아가게 하소서

가을에는

가을에는
소슬한 바람이 전하는
쓸쓸한 외로움을
마음속에 새겨 보겠습니다

가을에는
떨어진 단풍잎의
애잔한 설움을
마음속에 담아 보겠습니다

가을에는
밤하늘 빛나는 별들의
다정한 밀어를
마음속에 품어 보겠습니다

가을에는
가없는 지고지순한
당신의 사랑을
마음속에 익혀보겠습니다

사랑 꽃

해님 연모하는
구절초 피어나
꽃천지 만들면

바람이 불어와
꽃들을 흔들어
향기를 전하네

영원한 사랑을
바라는 마음에
두 손을 모으니

그대가 보내온
연분홍 사랑 꽃
마음속에 핀다

해외여행

여행은 언제나 마음 설레며
한 아름 가득한 기대에 부풀어
미지의 세계를 찾아가는 노정

그 길에서 살갑게 만나는
아름다운 자연의 풍경과
고유한 역사와 전통을 이어온
이국 세상 속 사람과 사람들

하늘을 날아오르니 또 다른 세계
비단결 황금 햇살 사이로
은빛 구름바다가 끝없이 펼쳐지고

신들이 쌓아 올린 경이로운 사원
웅장하고 수려한 모습에
감탄의 함성이 울려 퍼지면

이어진 자연의 섬세한 손길은
비췻빛 바다에 섬들을 수 놓아
미려한 풍광을 빚어내누나

과거와 현재가 공존하는 세상
여행은 미지의 세계를 향해
설렘으로 노 저어 가는 낭만의 항해

꽃지 바다

서해의 꽃지에 꽃들이 피어나면
햇볕에 그을린 파도는 바닷가로
꽃을 보고파 달려오고 있었지

꽃은 파도에 향기를 전해주고
내면에 침전된 그리움을 꺼내서
해변을 선홍빛 꽃물로 물들이면

할미 할아비 바위의 슬픈 전설이
애잔하게 스며든 꽃지에서
파도는 꽃을 안고 바다로 간다

숲길

지난 밤 쏟아진 하얀 별빛들이
아침 햇살에 산산이 부서지면
진초록 푸른 숲에 길이 열리네

그 길을 따라 걸어가면
내 감성을 보듬는 맑은 호수에
그윽한 당신의 향기가 짙어 온다

잔잔한 물결 위에 그리움 실어
붉은 장미꽃 한 송이 띄우면
향기는 물빛 머금어 산란하고

멀고 먼 하늘을 날아와
새로운 영토에서 삶을 꿈꾸는
하얀 민들레 홀씨처럼

솔바람 불어오는 숲길에
그리던 사랑이 햇살에 실려 와
내 마음 뜨락에 살포시 내려앉는다

민들레의 소망

솔바람 타고 날아와 정착한
그늘지고 척박한 길섶에서
거친 들꽃 텃세에 시달리며
하얗게 피어나는 민들레꽃

꽃을 피우고픈 열정의 흔적은
어둠 속에서 한 줄기 빛을 찾아
계절에 실려 흘러가고 있기에
가슴속엔 애틋한 아쉬움만 남는데

기대했던 이상향의 향기 사라지니
새 꿈을 이룰 터전을 찾아가고파
산야를 스치며 불어오는 바람결에
하늘로 하얀 홀씨를 날리고 있네

가고픈 그곳에는 사시사철
자유와 평온이 온전히 나래를 펴는
햇볕이 가득한 밝은 세상이
환하게 열리길 소망하면서

마음

아침에 떠오르는 햇살에
싱그러운 기운을 담아
마음속에 연꽃 한 송이 품으니

살랑거리며 불어오는 바람이
마음속으로 들어와
자애로운 마음으로 살라 하네

별빛이 쏟아지는 마음 밭에
지고지순한 사랑을 파종하여
소중하게 꽃을 피워 보리라

마음은 생각의 보석상자
행복한 손길로 마음을 열면
세상은 한없이 아름다워진다.

해가 가는 길

동해의 어둠 속에서 떠오르는 해
거센 바람과 파도를 잠재우고
온 누리에 아침의 빛을 쏟고 있다

한낮에는 산야에 햇볕을 비추어
나무들을 푸르게 자라나게 하여
꽃과 열매를 맺도록 하지만

절정의 시간이 지나버린 저녁 해는
파도가 출렁이는 서쪽 바다의
붉은 노을 속으로 장렬히 지고 있다

안개 낀 날

아침이 되었는데
하얀 어둠이 밀려와

온 세상이
하얀 나라가 되었다

보이지는 않지만
존재하는 세상

더럽고 추한 것은
하얗게 지워졌으면

3부 간이역

강물이 흘러 흘러가는 강변에
외롭게 서 있는 호젓한 간이역
오늘도 설레는 마음으로
그리운 열차를 기다리고 있네

기도

고난이 오거나
바램이 있을 때

간절한
마음으로

하늘을 바라보며
두 손을 모은다

능소화 연정

그 얼마나 그리움이 사무쳤으면
뭇꽃들이 피는 계절을 외면한 채
처연하게 이 여름에 꽃을 피우나

담장 너머 그리운 임 보고 싶어서
일편단심 연정을 마음에 품으며
연모의 푸른 줄기 하늘로 키우네

하늘의 별빛은 변함없이 빛나는데
미리내에 띄워 보낸 분홍빛 연서는
임의 앞바다로 흘러는 갔을까

태양 열기 가득한 폭염속에서도
임을 향한 연정은 시들지 않고
연한 주황 살굿빛 고운 꽃으로
외롭게 피어나는 능소화 능소화여

제목 : 능소화 연정
시낭송 : 박태임
스마트폰으로 QR 코드를 스캔하면
시낭송을 감상할 수 있습니다

인생길

눈보라 비바람 치는 계절 속에
가냘픈 나무는 흔들리고 젖지만
인고의 아름다운 꽃을 피워내고

거친 바다에 풍랑이 일어나면
추락하는 바닷새 중심을 잡아
파도를 헤치며 하늘로 나르듯이

고난의 파도 세차게 밀려오는
우리가 걸어가는 인생길
모진 풍파 이겨내고 살아가야 해

가을이 오면

청포도 향기롭게 익히던
여름의 뜨거운 햇볕에
검게 그을린 강변 길섶으로
소슬한 바람이 불어오면

노란 해바라기꽃
푸른 하늘 해님 향한
끝없은 구애의 열망에
강물이 출렁거린다

계절을 품고서 스쳐온 강물은
수많은 사연을 가슴에 안고
굽이굽이 바다로 흘러가는데

지순한 순정으로 피어난
코스모스 현란한 춤사위에
내 마음에 묻혀있던 하얀 그리움
살포시 강물에 적셔보네

가을이 오면

추억 속에 새긴 별빛을 찾고 싶어

마음의 종이배에 그리움 실어

흐르는 강물에 곱게 띄워 보낸다

제목 : 가을이 오면
시낭송 : 박영애
스마트폰으로 QR 코드를 스캔하면
시낭송을 감상할 수 있습니다

간이역

강물이 흘러 흘러가는 강변에
외롭게 서 있는 호젓한 간이역
진한 꽃향기 속에 푸른 등 켜고
그리운 열차를 기다리는데

그리움은 마음속에 간직한
아름다운 사랑의 감정이기에
설레임은 강물을 출렁이게 하며
온 마음을 애타게 하누나

그 마음 모른 체 무심한 열차들
눈길 한번 주지 않고 지나가기에
기다리는 마음 언저리엔
언제나 서운함만 남아 있으니

붉은 해가 지면 하얀 달이 뜨고
슬픔이 지나가면 기쁨이 오듯이
그리움이 숙성하여 영글어가면
만남의 소망은 이루어지려나

그토록 기다리던 시간이 되니
솔향기 실려 오는 승강장에
오매불망 그리던 열차가 달려와
반가움에 뜨거운 포옹을 한다

강물이 흘러 흘러가는 강변에
외롭게 서 있는 호젓한 간이역
오늘도 설레는 마음으로
그리운 열차를 기다리고 있네

제목 : 간이역
시낭송 : 박영애
스마트폰으로 QR 코드를 스캔하면
시낭송을 감상할 수 있습니다

봄날의 고독

계절이 걸터앉은
연분홍 벚꽃 길에
봄바람 불어오면

꽃들이 뿜어내는
매혹스러운 향기에
세상이 진동하네

이렇게 화려한 봄
포근히 품으려고
간절히 바라는데

오는 봄 빼앗기니
허전한 마음 밭에
고독이 스며드네

바람꽃

바람 불어오는 가파른 절벽에
외로움 이겨내며 피어나는 꽃

임을 향한 끝없는 사랑인가
저리도 하얗게 빛을 내면서

마음속에 품었던 밀어들을
한올 한올 하늘 높이 날리고

그리움 토해내는 하얀 꽃잎
바람을 흔들며 흐느끼고 있다

오솔길

곡선으로 이어진 푸른 숲길로
하얀 바람이 스치고 지나가며
잠든 나무들을 흔들어 깨우면

나지막한 소리로 사각거리는
나뭇가지의 가녀린 춤사위에
향긋한 들꽃 향기 흩날리는데

복잡한 도시에서 느끼지 못한
푸른 숲이 주는 편안한 마음과
고요한 적막이 주는 여유로움

행복은 어디에서 오는 것인지
거리를 방황하며 헤매다가
한적한 이 오솔길에서 찾았다

순수한 마음으로 살아가면

순수한 마음으로 살아가면
미워하는 사람들 변화시켜
좋아하는 마음 갖게 되리라

순수한 마음으로 살아가면
고난의 파도를 극복하고서
평온한 일상을 회복하겠지

순수한 마음으로 살아가면
불행한 순간들이 사라지고
행복한 날들이 찾아오리라

가을 바다

가을바람 불어오는 한적한 항구
파란 하늘로 갈매기들 나르면
머나먼 섬으로 떠나갈 연락선
그리움 건질 그물을 실어 올리는데

뱃고동 소리에 파도가 밀려오고
바람결에 단풍잎 선창을 두드리니
연인들은 이별의 아쉬움에
애잔한 눈빛으로 사랑마음 전하네

여름의 햇볕에 그을린 바다는
하얗게 고운 분칠 화장을 하고
풍랑이 거세지는 거친 뱃길을
살가운 미소로 다독이고 있구나

국화꽃 피어나는 국화도에는
별빛 내린 밤바다를 불 밝히는
빨간 등대가 가슴을 열고
꽃향기에 취해 낮잠을 잔다

수평선 너머로 가야 하는 항해
파도를 걸러 끌어올린 그물에는
진한 그리움을 가득 채워 끌어와
바다를 검푸르게 물들이고 있네

켜켜이 단풍이든 바위섬으로
파도가 밀려가 출렁거리면
황홀한 노을에 넋 잃은 바다는
가을을 살포시 품에 안는다

봄 바다 여행

봄 향기 가득한 햇볕 좋은 날
푸른 봄 바다 그리워서
서해의 바다 여행길에 나섰다

여행은 언제나 설렘으로 가득 차
마음은 풍선처럼 부풀어 오르며
여정의 풍경 속으로 스며드는데

봄이 찾아오기를 기다리던
바닷가 동백꽃은 붉게 피어나며
푸른 바다를 가슴에 보듬어 본다

항구에서 멀리 떨어진 작은 섬
해변의 빨간 등대를 바라보며
뱃고동 소리에 외로움 달래는데

봄 향기 가득한 햇볕 좋은 날
서해의 봄 바다 그리워서
도시를 벗어나 여행길에 나섰다

군중 속의 고독

도시의 저 많은 사람은
어디로 가고 있는가

침묵 속에서 서로 외면한 채
거리를 방황하면서

어떤 상황이 발생하는데도
바라보고만 있고 무대응 한다

인정이 사라진 차가운 현실에
모두 가슴 아파하는 마음

서성거리는 군중 속으로
고독이 은밀히 전염되고 있다.

해바라기꽃

봄비 내려 연분홍 꽃 물든 뜨락에
해님 연모하던 해바라기 새싹
그리움 다독이려 하늘을 보았네

어두운 밤하늘 반짝이는 별들
사랑 잃은 요정의 슬픈 전설을
은은한 빛으로 전해주면서
알알이 튼실한 줄기를 키우니

거센 바람 세찬 빗줄기
온몸을 흔들어도
일편단심 연정은 꺾이지 않누나

가슴 속 그리움으로 쌓인 멍에
한올 한올 허공으로 날리고
짝사랑 슬픈 마음 달래보지만
애잔한 설움은 지워지지 않아

여름의 뜨거운 열기 사라지고
소슬한 바람 부는 가을이 오면
그리움과 슬픔을 마음에 담아
노랗게 피어나는 해바라기꽃

남양성모성지의 가을

남양성모성지에 가을이 내려앉아
나뭇잎을 오색 단풍으로 물들이면

가을빛이 가득한 묵주의 기도길에
애잔한 성모찬송가 울려 퍼지는데

허위단심 찾아온 사람들의 정성에
성모성지는 하늘길 열어놓고 있다

공원의 향기

청포도 익어가는 계절을 맞아
정다운 친구들과 손에 손잡고
공원의 청결 봉사활동 나섰다

불볕더위에 힘든 일 땀으로 씻어내고
함부로 버린 쓰레기를 줍고 나니
청결한 산책길이 환하게 반겨주네

시원하게 뿜는 분수의 물줄기에
아이들이 기뻐하며 뛰어놀고
바람이 불어와 꽃들을 흔드는데

공원은 힘든 삶의 정화 공간으로
사람들을 포근한 품으로 안으며
아름다운 향기로 위로해 준다.

협궤 수인선의 추억

수원 출발역 완목신호기 신호에
기차는 기적을 길게 울리며
철로에 열망을 싣고 출발한다

협궤 선이라 객차 안은 좁아서
건너편 승객 무릎이 닿을 듯 말듯
승객들 웃는 얼굴이 순박하다

정차역마다 타고 내리는 사람들
한바탕 떠드는 소리로 들썩이면서
읍내 장터처럼 소란스러운데

푸성귀 팔러 가는 아낙네들
신선한 채소와 과일을 싼 보자기에
상큼한 계절의 향기가 피어나네

소금꽃 피는 군자역에 도착하니
염전 바닷물 퍼 올리는 무자위
소금밭 일꾼 발걸음이 부산스럽다

갯벌 드넓은 오이도 어부들은
갓 잡은 조개와 생선 가득 실어와
비좁은 차내를 가득 채우는데

소래포구 높디높은 철교 위
갈색 갈매기 떼 마중 나오면

기차는 가쁜 숨 몰아쉬며
급수탑 서 있는 소래역에서
목마른 갈증을 해소하누나

시대적 소명에 개통의 슬픈 역사
서민의 애환 품에 안은 협궤선 기차
종착역인 송도(남인천)역에 도착한다.

별꽃 그리움

어두운 밤하늘에 푸른 별빛이
은하수 윤슬에 은은하게 실려 와
뜨락에 하얀 별꽃으로 피어났지

그 예쁜 하얀 별꽃 한 송이
갖고 싶어 따 달라고 손짓하던
첫사랑 소녀의 애원에
순정 어린 마음의 문을 열었네

별 하나와 별꽃 한 송이 너에게
별 하나와 별꽃 한 송이 나에게
설렘으로 주고받던 추억의 밤

두 마음속에 소중히 간직했던
그 곱디고운 별과 별꽃은
세월의 강물에 애잔하게 실려
어디로 흘러갔을까

별빛이 영롱한 계절이 오면
첫사랑의 아련한 추억이
내 가슴에 그리움의 별꽃으로
함초롬히 피어오른다.

제목 : 별꽃 그리움
시낭송 : 박영애
스마트폰으로 QR 코드를 스캔하면
시낭송을 감상할 수 있습니다

낙엽

겨우내 수액 받아
연둣빛 새싹으로
돋아나던 이파리

환희의 봄 입김에
소녀의 마음처럼
부끄러움 탔었네

뜨거운 여름에는
진초록 어여쁜 옷
곱게 입고 뽐내더니

이 가을 단풍 되어
서글픔에 낙루하며
떨어지고 있구나

해운산

푸른 바다 그리워하며
바다를 가슴에 품은 산

하얀 구름 흘러가다가
잠시 쉬어가는 산마루에

한줄기 산들바람 불어와
솔 향기 짙게 스며들어도

해운산은 오늘도 변함없이
바다를 바라보고 있다

가을 장미

그 누굴 그토록 그리워하기에
뜨거운 긴 여름 참아내고서
소슬바람 불어오는 이 가을에
외롭게 흔들리며 피어나는가

따뜻한 봄볕 내린 푸르른 뜨락
연초록 새순이 햇볕 맞이할 때
꽃 피울 계절을 모른 채 하며
줄기 속에 숨어버린 장미의 새싹

얼마나 그리움이 사무쳤으면
장미꽃 피어나는 오월이 와도
꽃피는 계절을 잊어버린 채
꽃망울 접고 서성이고 있을까

그리움은 마음속에 일렁이는
감정의 고요한 파도이기에
밀려왔다 밀려가는 흐름 속에서
스쳐 가는 그리운 향기를 찾는데

그 향기 계절 속으로 스며들어

기다리고 기다리던 가을이 오면

그리움을 마음속에 품고서

외롭게 피어나는 가을 장미

제목 : 가을 장미
시낭송 : 조한직
스마트폰으로 QR 코드를 스캔하면
시낭송을 감상할 수 있습니다

서울역 연가

머나먼 천릿길을 달려온 열차가
가쁜 숨 몰아쉬며 도착을 하고

남쪽 고향역으로 가야 할 열차
그리움 안고 출발하는 서울역

그 곳 서울역에 매화꽃 피어날 때
우린 만나 인연의 꽃씨를 심었지

움튼 씨앗 물을 주며 곱게 키우니
연정은 아름다운 꽃으로 피어나

두 마음에 가득 채워진 진한 향기에
우리는 사랑호 열차를 타고 출발한다

가을 서정

햇빛 스미는 창문을 두드리며
애절하게 떨어지는 단풍잎은

계절 속의 빛나던 시절 그리워
잎새에 추억을 새기고 있고

주홍빛 노을이 물든 하늘 높이
하늬바람 가르며 나래 젓는 철새

억새꽃 춤추는 산마루 너머
먼 남쪽 나라로 날아가고 있다

산정호수

철원 땅 궁예의 태봉 나라
망국의 서린 한이 녹아
울음산 전설로 스며들어
억새꽃으로 피어나는 명성산

그 애절한 역사의 슬픔에
산 새들이 흘린 눈물과
하늘에서 내린 빗물이 고여
산 위에 푸른 호수가 되었네

아침이면 하얀 물안개 피어나
햇빛 받은 윤슬에 스러지고
저녁이면 노을이 물든 하늘이
잔잔한 물결 위에 내려앉는다

사계절 아름다운 산정호수
많은 사람이 삼삼오오 찾아와
빼어난 풍광을 바라보며
가슴 속에 소중히 담아 간다.

시간

어린 시절에는
시간이 무엇인지 모르고
뛰어놀기 바빴고

학창 시절에는
공부하느라
시간을 아꼈으며

성년이 되어서는
직장 일에 시달리며
시간 가는 줄 몰랐는데

노년이 되고 보니
하는 일이 없어
무료하게 시간을 보낸다

4부 희망의 꽃

밤이 깊어 갈수록 새벽은 다가오고
엄동설한에 설중매가 피어나듯
절망 속에서도 희망의 꽃은 핀다

등산

산의 정상에는
무엇이 있을까

정상으로 가기 위해
땀을 흘리고 올라가니

순간의 기쁨 속에
찾아온 외로움

겸손하게 내려갈
길이 있었다.

첫눈이 오면

겨울이 주는 선물인 양
은빛 하늘에서
첫눈이 사락사락 내리네

맑고 순결한 하얀 눈으로
혼탁한 도시의 거리를
하얗게 덮으려는 듯이

첫눈이 오면
이곳 공원 은목서 숲에서
만나자고 약속했던 우리

하얀 눈이 내리며
그리움은 피어나건만
약속은 세월 속에 묻혀버렸나

첫눈을 맞으며 추억하는 나를
은목서 잎새 바람에 흔들리며
애잔하게 바라보고 있다.

해당화로 피는 그대

파도가 넘실거리는 푸른 바다에
하얀 갈매기들 여유롭게 날고

붉은 해당화 피어나는 바닷가에
그리움 스며든 바람이 불어오면

그대와 손잡고 거닐었던 백사장
아련한 추억이 생생하게 떠올라

그대는 별처럼 아름다운 빛을 내며
내 가슴에 한 송이 해당화로 핀다.

아침

밤하늘 빛나는 별빛이 스러지면
동녘에서 여명이 밝아오면서
새날의 희망 안고 찾아온 아침

지난 밤 고뇌하고 번민하던
일상의 심란한 온갖 상념들은
햇살에 실려 허공에 흩날리지만

세상의 넓은 바다를 항해하는
우리들 삶의 치열한 공간 속으로
바람은 늘 세차게 불어오기에

시련 속에서도 용기를 품으라며
아침은 어두운 새벽을 깨우고서
희망찬 새로운 하루의 문을 연다

고독

언덕 위에 홀로 서 있는 소나무
세찬 바람에 흔들리고 있는데

바람을 막아줄 작은 숲도 없고
움직이지 못하여 피할 수 없어

하늘을 바라보며 손짓해 보지만
아무런 기척도 응답도 없구나

키운 자식 소나무 어디로 갔는지
행방 감춘 채 찾아오지도 않는다

가을 가을이 떠나가네

주홍빛 노을 품에 안은
물빛 고운 강물로
한 서린 단풍잎 실려 가는 슬픔에
가을 가을이 떠나가네

막차가 떠나버린 쓸쓸한 정거장
오지 않는 임 기다리는
여인의 애끓는 한숨 소리에
가을 가을이 떠나가네

따뜻한 햇볕 내린 숲길 길섶에
노란 국화꽃 무서리에 시들어
그윽한 향기 잃은 설움에
가을 가을이 떠나가네

떠나는 가을이 어디로 가는지
도무지 알 수는 없지만
아쉬움을 남긴 채 떠나가는
시리디시린 마음 얼마나 아플까

그 마음 달래주려 붙잡아 보지만
계절의 섭리를 따른다며
단풍 향기 서린 낙엽을 밟고서
가을 가을이 떠나가네

새벽 열차

별빛이 쏟아지는 푸른 강을 따라
길게 이어진 평행의 철로 위를
새벽을 가르며 열차가 가고 있다

기적소리에 산골 마을이 깨어나고
차창을 두드리는 싱그러운 바람은
어둠을 헤치며 별빛을 찾아가고

달리는 열차의 조용한 차 안에서
승객들은 서로 다른 꿈을 꾸면서
희망에 찬 내일을 그려보고 있는데

스쳐 가는 아담한 간이역 화단에서
달빛 머금은 달맞이꽃 손을 흔들면
새벽 열차는 희망을 안고 달려간다

담쟁이의 희망

어두운 담장 밑에서 돋아난 담쟁이
이파리 달린 덩굴을 길게 뻗으며
높고 가파른 벽을 오르고 있구나

척박한 땅속에서 엄동설한 견디며
움 틔운 새싹의 연둣빛 여린 가슴은
담장 너머 꽃피는 낙원 그렸었는데

그곳은 너무 높아 오르기 힘들지만
오르고 또 오르면 넘어갈 수 있으리라
담쟁이는 희망을 안고 벽을 오르네

제부도의 가을

모세의 기적처럼 신기하게도
바닷길 열리는 작은 섬 제부도에
소슬바람 부는 가을이 찾아왔네

멀리 있는 섬들은 외로움에 지쳐
바닷길 열리는 제부도를 바라보며
부러움에 돌아서서 시샘하고 있다

돛단배는 수평선을 향해 떠나가고
탑재산 앞바다에 저녁이 내려오면
노을이 하늘을 붉게 불태우고 있구나

단풍잎 떨어지고 국화 향기 짙어 오면
제부도는 환상의 바닷길을 열어
화려한 가을을 맞이하고 있다

아기별

천륜의 인연으로 이어진
부모의 간절한 기원으로

소중한 아기별이 탄생하여
하늘은 기쁨으로 물들었고

너른 품 따뜻한 사랑을 받아
큰 별이 되어 세상을 밝히네

희망의 꽃

어둠을 이겨내는 빛의 힘으로
견딜 수 없는 절망의 그늘에서
피어나는 꽃은 무엇이던가

푸른 하늘로 흰 구름 흘러가고
넓은 초원에 꽃이 피어나는
평온이 내려앉은 밝은 세상에

어둠이 스멀스멀 스며들어와
검은색 장막으로 햇볕을 가리고
빛이 사라진 암흑천지 만들면

어디로 가야 할지 방황하는 난파선
두려움 속에서 덮쳐온 거센 풍랑에
한없이 절망하며 흔들리지만

밤이 깊어 갈수록 새벽은 다가오고
엄동설한에 설중매가 피어나듯
절망 속에서도 희망의 꽃은 핀다.

여수의 향기

한려수도 삼백 리 푸른 바다에
일렁이며 넘실대는 파도를 타고
바다 안개 하얗게 피어오르면

동백꽃 피어나는 오동도에는
바다를 스쳐온 푸른 바람이
신우대로 황홀한 연주를 한다

봄에는 영취산 연분홍 진달래꽃
여름철 피서객 붐비는 만성리
가을 금오산에 곱게 물든 단풍

계절을 품고서 아름답게 수놓은
불빛 화려한 여수 밤바다의 낭만에
미항은 진한 향기를 바다로 보낸다.

임이시여 꽃길만 걸어가소서

임이시여
아름답게 수놓아 온
당신의 인생 여정 길섶에
올해는 여든 송이 고운 꽃이
활짝 피었습니다

엄동설한 땅속에서 움 틔운
생명의 씨앗
따뜻한 햇볕 받아
연둣빛 새싹으로 돋아나더니

비바람 맞으며 혹한을 이겨내고
뿌리 깊은 큰 나무로 성장하여
사랑과 은덕을 나이테에 쌓았지요

인생길 모진 풍파 이겨내어
가문의 등대가 되고
참 스승의 바른길을 찾아
학교 교육의 꽃을 피워냈으니

임이시여
당신이 이룬 은덕과 헌신의 향기에
제자들과 우리 가문은
존경의 큰 박수 보내오니
여생은 꽃길만 걸어가소서

당산나무

불볕더위와 거센 비바람 이겨내고
눈보라 속 차가운 겨울을 견뎌내며

세월의 무게 온몸으로 지탱하면서
의연하게 마을을 지키는 당산나무

고난의 세월 속에 쌓인 고통으로
깊게 박힌 옹이는 상처로 남았지만

고장의 역사와 전설을 간직한 채
수호신으로 마을을 지키고 있다.

가을의 기도

가을에는
오곡이 익어가며 고개를 숙이듯
우리 마음속에 교만이 사라지고
겸손하게 하소서

가을에는
하얀 메밀꽃들이 살가운 춤을 추듯
우리 사회의 갈등과 반목이 사라지고
화목하게 하소서

가을에는
철새들의 질서 있는 나래짓처럼
우리나라 반칙과 불법이 사라지고
법을 준수하게 하소서

가을에는
평온한 비둘기의 마음처럼
지구촌에 전쟁과 테러가 사라지고
평화가 유지되게 하소서

우산

이렇게 비가 내리는 날에는
우산이 있어야 하는데

우산이 없으니 비를 맞고
길을 걸어가고 있네

햇볕 비치는 맑은 날에는
무관심했던 우산

온몸이 비에 젖고 보니
우산의 고마움 느껴보네

눈꽃에 서린 사랑

하얀 눈 내린 뜨락 나뭇가지에
하얀 눈꽃이 피어나면
솔바람에 실려 오는 사랑의 향기
내 마음에 살포시 스며드는데

설원을 스쳐온 차디찬 바람과
얼음장 밑에서 치솟는 한기가
온 세상을 차갑게 얼게 하지만
그 향기는 그윽하게 퍼지네

밤하늘 별빛에 실려 찾아온 사랑
마음속에 아름다운 무지개가 되어
순정의 화원에 찬란히 떠오르면
그대는 하얀 눈꽃이 되누나

피어나는 꽃은 영원할 수 없기에
햇볕에 온몸이 사위어 사라져도
눈꽃에 서린 우리 사랑은 변치 않기에
겨울이 오면 순백의 꽃으로 다시 피리라

폐교

학생들 웃음소리 사라지고
고요한 적막만이 흐르는 학교

운동장에 방치된 녹슨 그네에는
잠자리 한 마리 앉아서 졸고 있고

부서진 책상이 가득 쌓인 교실
아무도 찾아오는 사람이 없다

학생들은 다 어디로 갔는가
교정에는 찬 바람만 불어온다.

새해에는

새해에는
푸른 호수의 잔잔한 물결처럼
세상이 평온하면 좋겠네

새해에는
떠오르는 해의 따뜻한 온기처럼
가난한 이웃이 따뜻하면 좋겠네

새해에는
사막의 신기루가 홀연히 사라지듯
증오심과 전쟁이 사라지면 좋겠네

새해에는
노을이 하늘을 아름답게 물들이듯
우리를 행복으로 물들이면 좋겠네

한해가 떠나가네

새해가 열리던 첫날 아침
소망의 함성에 붉은 해 솟아
풍랑 이는 거친 바다 잠재우고
새로운 날에 햇볕 내렸네

봄에는 연초록 새싹 움 틔워
여름엔 예쁘게 꽃을 피우고
가을에는 풍성하게 수확하여
눈 내린 겨울을 맞이했는데

기쁨과 슬픔, 만남과 이별
세상사 모든 사연 품 안에 안고
세월의 강물에 시간을 실어
다사다난했던 한 해가 떠나가네

행복했던 시간을 가슴에 담아
아련한 추억의 공간 속에 남기고
떠나는 존재의 아픔을 달래면서
찾아오는 새해에 전하는 말은

새봄이 오면 세상의 너른 초원에

미움과 불행의 잡초를 뽑아내고

사랑과 평화의 씨앗을 파종하여

행복한 한 해 되라고 하네

오월의 품

연분홍 산 벚꽃 스러져가며
녹색으로 물들어 가는 산

푸르른 밀보리 피어나면서
생기 가득하게 번져가는 들

아침 이슬방울 머금은 채
너른 벌판으로 흐르는 강

오월은 선한 넓은 가슴으로
온 누리를 따뜻하게 품는다.

철새

하늬바람 불어오는 계절이 오면
따뜻한 남쪽 나라로 가야 하기에

어미 새의 힘찬 나래짓 배워가며
무리 지어 하늘로 비상하는 철새

사계절 여유롭게 사는 텃새처럼
정든 도래지에 살아가고 싶은데

떠나가야 하는 숙명을 삭이면서
머나먼 남쪽 나라로 날아간다.

겨울 풍경

찬 바람 불어오는 은빛 하늘에
하얀 눈 꽃송이 시나브로 흩날리면
산천은 하얗게 순백색으로 덮이고

하얀 나라 찾아온 철새들의 나래짓에
숲은 키가 큰 나뭇가지를 내어주며
반가운 인사로 빈객을 맞이하고

눈이 쌓인 바닷가 쓸쓸한 항구에는
뱃고동 소리 구슬프게 들려오는데
갈매기가 하얀 눈 맞으며 날아간다.

행복하다

행복은
먼 곳에 있지 않고
가까운 곳에 있다

몸이 건강하고
번민이 없고
할 일이 있으면
행복하다

하늘을 볼 수 있고
꽃향기 맡을 수 있고
걸을 수 있으면
행복하다.

그토록 기다리던 시간이 되니

솔향기 실려오는 승강장에

오매불망 그리던 열차가 달려와

반가움에 뜨거운 포옹을 한다

강물이 흘러 흘러가는 강변에

외롭게 서 있는 호젓한 간이역

오늘도 설레는 마음으로

그리운 열차를 기다리고 있네

별빛 내리는 뜨락

문경기 시집

2021년 11월 29일 초판 1쇄
2021년 12월 2일 발행
지 은 이 : 문경기
펴 낸 이 : 김락호
디자인 편집 : 이은희
기 획 : 시사랑음악사랑
연 락 처 : 1899-1341
홈페이지 주소 : www.poemmusic.net
E-Mail : poemarts@hanmail.net

정가 : 10,000원
ISBN : 979-11-6284-338-3